청어詩人選 268

사랑하냐 물으면
그냥 웃지요

박순길 시집

청어

사랑하냐 물으면 그냥 웃지요
박순길 지음

발 행 처 · 도서출판 청어
발 행 인 · 이영철
영   업 · 이동호
홍   보 · 천성래
기   획 · 남기환
편   집 · 방세화
디 자 인 · 이수빈 | 김영은
제작이사 · 공병한
인   쇄 · 두리터

등   록 · 1999년 5월 3일
(제1999-000063호)

1판 1쇄 발행 · 2021년 2월 10일

주소 · 서울특별시 서초구 남부순환로 364길 8-15 동일빌딩 2층
대표전화 · 02-586-0477
팩시밀리 · 0303-0942-0478

홈페이지 · www.chungeobook.com
E-mail · ppi20@hanmail.net
ISBN · 979-11-5860-926-9(03810)

사랑하냐 물으면
그냥 웃지요

박순길 시집

시인의 말

시가 점점 짧아진다.
가슴으로 쓰기 때문이다.
그러다보니 즉흥적으로 써 진다.

시다운 시를 써보려고
몇 행을 고치려고 며칠을 끙끙대던 때가
얼마 전까지였다.

머리로 쓴 시는 시의 행간에
의미를 담는 데 비해
가슴으로 쓴 시는
순간의 감정이나 마음을 담는다.

이제부터
가슴으로 시를 쓰려 한다.
살아가는 이야기가 중심이다 보니
사랑의 주제가 많다.

읽으면서 생각하기보다
읽으면서 잊어버리기 바라는 마음이다.

차례

2부 그냥 웃지요

3부 멈추면 보인다

4부 어머니의 섬

5부 당신의 이름

1부

내 안의 행복

기쁠 때 감사하고
슬플 때 참아내면
행복한 사람

기쁠 때 기쁜 줄 모르고
슬플 때 남 탓하면
불행한 사람

바람에게

너는 좋겠다
가고 싶을 때
훌쩍 떠나니까 좋겠다

가다가 바위가 있으면
비껴서 가고
가다가 산이 막히면
돌아서 가고

그런
지혜가 있어 좋겠다

오늘도 사람들은 싸워
내가 그렇고
네가 그렇고

갈림길

배낭 하나 메고 걷는다
혼자서 걷는다
어디로 가야할지 몰라
길을 따라 걷는다

저 산 보고 걸으면
숲길이고
옆을 보면
오름인데
어디로 갈까

갈림길이
지나고 보면
긴 인생이 된다

내 안의 행복

누구나
기쁨 한 바가지
슬픔 한 바가지

기쁠 때 감사하고
슬플 때 참아내면
행복한 사람

기쁠 때 기쁜 줄 모르고
슬플 때 남 탓하면
불행한 사람

생각이 행복을 만들고
생각이 슬픔을 만들고

TV 보기

자꾸 눈물이 나온다

혼자 실천하는 정의로운 행동
가슴 채우는 용기 있는 행동
서러운 결핍을 이겨내는 행동

가끔씩 이어지는
사무치게 그리움 이끌어 주는
TV화면

아내가 볼까봐
슬며시 고개를 돌린다

뽕나무

잎은 음식
열매는 효소
줄기는 약제
뿌리는 차

무엇 하나 버릴 게 없다

나는
누구에게
필요한 사람이 될까

꽃다발

영혼이 없다

꺾어져 시들어야 할
오늘이 마지막
버려져야 할 시간을 기다리는
훗날 누구의 모습이겠지

잠시의 분위기를 위해
집 안에 옮겨놓은
생명 없는 실체

혹여
나는 아닐까
아니 너는 아닐까

허물에 대하여

강물이 마르자
음료수병, 농약병
비닐주머니의 썩은 냄새까지
허옇게 드러나는
저 몰골

누군가의 양심이 버린
부끄러움 앞에서
하늘은 더 이상 볼 수 없어
양심만큼 물을 채워
그 위에 흰 구름을 그려준다

사람도 강물 같아
아픈 부끄러움 간직하며
내 인생은 소설이라며
애써 흔적 감추고 살아간다

저 웃음 뒤에는
얼마나 많은 슬픔이, 아픔이
숨어 있는지
혼자만 저 혼자만 간직한 채
잊으며 살아간다

창밖을 바라보는 이유

나무는
제 뿌리를 보지 못한다

가지 내기
꽃잎 만들기
열매 맺기

사람은
눈에 보여도
가르쳐도 따르지 않는 이가 있다

정화수의 간절한 기도도
어머니의 끝없는 사랑도
저버리는 이가 있다

겁 없이 잘못을 저지르는
TV 뉴스에 왈칵 겁이 난다

나무는 뿌리를 몰라도
본질에 충실하다
오랫동안 창밖을 바라보는 이유다

갈매기

쓰다 버린 원고지가
하늘 높이 날고 있다

쓰려거든 잘 써야지
이렇게 가벼워서야

너라면 읽겠니
완벽하지 않으면
아무도 읽지 않아

허접한 종이
아깝지 않니

바닷가에서
휘청거린 발걸음
집에 오기가 두려워진다

나

아내에게
설거지의 선물

아들에게
말 없음의 선물

딸에게
지켜보는 선물

받으면 기분 좋고
주면 더 기분 좋은
인생의 선물

촛불

나이 들어
자꾸 눈물이 난다
슬픈 것은 더 슬프게 느껴져

내일이 없던 젊은 날의 추억도
꽃으로 핀다
향기로 다가온다

궁핍이 만들었던
지금의 만족
행복해서 좋다

촛불 켜질 때
어둠 비추듯
이름 남기고 가리라

촛불 불어 꺼지듯
소리 없이 가리라

마음의 깊이

물의 깊이는
돌을 던져보면 알 수 있다

마음의 깊이는
행동으로 알 수 있다

내 마음의 깊이
한 길일까
열 길일까

기억력

다람쥐가 숨겨 놓은
먹이를 찾지 못해
싹이 나와 나무가 된다

망각은
필요한 것을
찾지 않은 지혜가 된다

요사이
내가 그렇다

일거리

소나무는 언제나 푸르고 싶어 한다
단풍나무는 언제나 붉어지고 싶어 한다

노인은 나이가 들어도
일을 하고 싶어 한다

삯 받아 손자 용돈 주고
친구들과 막걸리 한 잔

자식들은 부모의 일을 부끄럽다 한다
젊은이들은 혐오스러워한다

소일의 행복을 모른다
인생 백세시대라는데

갈피

책장과 책장 사이
가슴 치는 내용이 숨어있으면
은행잎 꽂아두었지
내 젊은 날의 갈피

산과 산 사이
계곡의 갈피에 메아리가 살아
산새소리 주거니 받거니
내 중년의 갈피

삶의 순간 접히고
겹쳐지는 사이에 세월이 있어
계절이 늘 갈래를 쳐주었지

후회와 반성은 길고
행복의 깨달음은 짧아 아쉬움이
살아 숨 쉬는 시간 늘 포개져 있다

사각사각 낙엽 밟히는 발걸음 사이
나이 들어 너그러운 웃음의 대화 사이
꽃이 피고 지고 꺾어지고 쓰러지는
세월의 갈피

그냥 걸었어

낙엽이 떨어지면
나이의 의미를 생각하며
그냥 걸었어

비가 오면
눈물의 의미를 생각하며
그냥 걸었어

눈이 오면
발자국의 의미를 생각하며
그냥 걸었어

삶이 팍팍할 때
인생의 의미를 생각하며
그냥 걸었어

산에서

산은
녹색의 바다

소나무 숲도 바다
참나무 숲도 바다
아카시아 숲도 바다

바람이 지나갈 때
노를 젓는다
시원하게 파도를 치는
배가 된다

메아리가 노래를 부른다
인생의 어디쯤
흘러가고 있는 노래를 부른다

나는 얼마나 곱게 물들고 있는지

가을이다
잎이 진다
단풍잎이 곱다

자세히 보면
벌레 먹은 잎
갈라진 잎
한쪽이 멍이 든 잎
제대로 된 잎이 드물다

고통 참으며 자랐구나
상처받으며 열매를 맺었구나
비바람 맞으며 지냈구나

뿌리가 뽑히는 태풍 앞에서
무너진 아침은 얼마나 무서웠을까
반쪽을 힘겹게 지탱하며
아름답게 물든 단풍잎이 곱다

사람들이 가을 산을 찾는 것은
참으며 견디는 그래서 아름다움을 만드는
진정한 이유
인생을 찾아보는 것이다

시들어 갈 때 보인다
잎이 질 때 보인다
나이가 보인다
내가 보인다

가을 산

가을 산이 참 아름답다
빨주노초파남보
무지개 색 고운 산

나 하나의 빨간 색으로
너 하나의 노란 색으로
우리 모두의 무지개 색으로

큰 바위 밑의 작은 나무가
갈잎 하나 매달고
나도 한 잎 보태야지
손을 흔든다

아름다움은 혼자 만든 게 아니다
나의 한 잎
너의 한 잎
모두의 색으로
아름다운 가을 산을 만들고 있다

2부

그냥 웃지요

말은 보이는 나무
마음은 보이지 않은 뿌리

꽃을 피게 하고
열매를 맺는 것은
오로지 뿌리

사랑하느냐 물으면
그냥 웃지요

첫사랑

별은 멀리서도
빛나 보인다

다가서는 것보다
지켜보는 것
더 아름답기 때문이다

첫사랑도
간직하고 있을 때
더 행복하다

꽃

꽃은
예쁘다는 생각이 있을 때
더 예쁘다

사랑하는 사람도
예쁘다는 생각으로 바라보면
더 예쁘다

예뻐하는 마음이
사랑이다

부부

다른 사람끼리
한 길을 가고
같은 방향으로 쳐다보기까지
한없는 자기 애씀이
그림자로 따른다

자신의 사랑

힘든 운동을 합니다
나를 사랑하기 때문입니다

잡곡밥을 먹습니다
나를 사랑하기 때문입니다

잠자기 전 오늘 했던 말을 생각해 봅니다
나를 사랑하기 때문입니다

가난이 짜증스럽게 해도 참습니다
나를 사랑하기 때문입니다

인생은 느끼는 것이 아니라
견디는 것이 더 크기 때문입니다

첫사랑이 찾아온다면

꽃을 심었습니다
벌·나비가 찾아옵니다
내가 꽃이라면
누가 찾아올까요?

어디서 어떻게 살고 있는지
좋아했다는 것도 모르는
첫사랑이 찾아온다면
아주 먼발치에서
추억으로 지켜보겠습니다

그냥 웃지요

말보다
마음이 중요한 것

말은 밖으로 약속이나
마음은 속으로 약속이다

말은 보이는 나무
마음은 보이지 않은 뿌리

꽃을 피게 하고
열매를 맺는 것은
오로지 뿌리

사랑하느냐 물으면
그냥 웃지요

동백꽃

한창 예쁠 때
뚝
추한 모습은 싫다

두꺼운 잎
흔들리기 싫다

언제나 상록수
궁색하게 보이기 싫다

추울 때
진정 귀한 꽃이고 싶다

마음속의 여심(女心)

꽃반지

새끼손가락 걸어 약속하고
풀꽃 손목에 묶어주면
누군가 당기면 쉽게 끊어지고
마르면 스스로 부서진다

쉽게 끊어지고 부서져
오래가지 못하는
풀꽃

첫사랑의
손에 묶었던 반지

봄

나무는
초록으로 눈을 뜨고

꽃은
새싹으로 눈을 뜨고

사람은
옷차림으로 눈을 뜨고

세월은
아쉬움으로 눈을 뜨고

뒷모습

당당하고 씩씩해 보인 사람도
시야에서 멀어지면
등이 굽어보인다

누구나
외로움 하나 가지고 산다

누구나
그리움 하나 가지고 산다

보태 봐도 빼 봐도 0이 되는
현실 하나 가지고 산다

마음속에 산(山) 하나

가슴에
산(山) 하나 가지고 산다

산비탈 사과나무
만지고 지나가는 바람과
계곡 작은 물에
물고기 몇 마리 가두고 산다

푸를 때 푸르고
눈 올 때 알몸 벗는
사랑도 함께한다

말만 앞세우고
실천이 없는 사람
가볍게 무시하는
고집 하나

산의 무게로
중심 하나 가지고 산다

안개

길을 막고 있네
보조개에 미소가 예쁜
얼굴 감추고 있네

그리운 사람
희미한 모습

내 삶의 어느 때도
안개는 걷히지 않네

보고픈 마음의
길을 막고 있네

이어폰

세상의 소리를 귀까지 끌어 온다
나 혼자만 생각하던
너의 마음도 끌어 온다
어머님과 나누던 탯줄의 호흡까지
함께 나누고 싶다

앨범

크고 작은 별들이
저마다의 이름을 달고
하늘 높이 떠 있다

커다랗게 반짝이는 동경의 별과
속마음 들킬까봐
멀찌감치 지켜봤던 부끄러운 별들이
힘든 세월 지켜온 듯 거기에 있다

지금쯤
우주의 어느 공간에서
누구의 이름으로 빛나고 있는지
희미한 얼굴들이
점점이 박혀있다

그대여
행복한 순간을 만들려면
가버린 시간을 모아 보는
앨범 한번 펼쳐보구려

그리움

향기 있는 꽃을
흔드는 건 바람

나는
숨죽여 지켜보는
바람이었다

훗날
향기 있는 꽃을 기리는
바람이었다

이제
꽃의 이름은 잊었어도
그윽한 향은 번지고 있다

혼자

즐거운 식사시간에도
잡담의 시간에도
언제나 혼자

생각으로 머리 열고
신문으로 눈 열고
세상 들으며 귀 열고
언제나 혼자

혼자가 외로움을 만들고
외로움이 시를 만들고
시가 자존감을 만들고
자존감이 나를 만든다

창밖의 풍경

언제 봐도 싫증이 없는
창밖을 본다

어제는
흰 구름 몰고 와
언젠가는 가야 할
노을로 안내하더니

오늘은
얼굴을 가린 바람이
나뭇잎 건드리고 있다

우두커니 바라보면
하루의 시간을, 인생의 거리를
시계의 숫자로 바꿔간다

이내
창밖의 풍경은 지워져도
지나온 날의
나무가, 바위가, 신작로가
거기에 있다

기차는 지나가고

옛날에 갔던 기찻길이
눈앞에서 지나간다

여럿이 탔던 친구들
지금은 숫자도 줄고 줄어
혼자 가는 길

탱탱한 얼굴에
주름살 만들어 간다
검은머리가
흰머리 만들어 간다

가슴에 있는 친구도
데리고 간다
코스모스 꽃길도
데리고 간다

꽃 하나 심고 싶다

영혼이 깃든
꽃 하나 심고 싶다

마음을 알 수 있는
꽃 하나 심고 싶다

내면이 아름다운
꽃이고 싶다

저녁놀

낙엽을 바라봅니다
주름살 위에 세월을 담고 있는
당신을 바라봅니다

저녁놀 위에 비춰진 모습
당신의 시간이 채워지고
나의 시간이 채워짐을
말없이 바라봅니다

잘 살기보다 열심히 살았다고
사라지는 것
잊어지는 것
그 이름도 생각해봅니다

3부

멈추면 보인다

달리면 길만 보이고
멈추면 풍경이 보인다
벌레 먹은 나뭇잎
아픔 견디는 인생
나 혼자가 아니었구나

섬김의 세상

대통령은 나를
하늘 보듯 섬겨야 한다
공무원은 나를
핸드폰 쳐다보듯 살펴야 한다
농부가 벼 키우듯
나는 자신을 가꿔야 한다
모두가 하는 일은 달라도
을이 없는 세상
지배라는 말이
섬김이라는 말로 바뀌는 세상
기다려봅니다

독서

세월을 담고 있는
작은 나무에서
앙증스런 열매가 맺혀있다

결과는 만족으로 보이고
과정은 독서로 감춰진다

그대여
자신을 얼마나 다듬고 있는지
생각만큼 궁금해 할 필요가 있다

사유의 힘
책 한 권이 필요할 때가 있다

유리

유리는
투명해서 좋다
안이 보여서 좋다
밖이 보여서 좋다

유리는
도덕이고 법이고 윤리다

마음에
유리문을 달아보자
나도
너도

마음

낯선 것도
자주 보면 익숙하다

긍정적인 선입견은
한 걸음 앞서간다

물질도
마음의 선물이다

언제나
마음이 중요하다

외로움

꽃이 있으면
벌이 옵니다

꿀이 있으면
더 많은
벌이 옵니다

외롭나요
꿀이 없다고요

베풀 마음은 있겠죠

일어나자

오래 앉아 있으면
일어나기 힘들다

쉬었으면 일어나자
새롭게 시작하자

바라 본 방향에서
꽃은 피어난다

멈추면 보인다

달리면 길만 보이고
멈추면 풍경이 보인다
벌레 먹은 나뭇잎
아픔 견디는 인생
나 혼자가 아니었구나

작은 실천

발원지 검룡소 작은 물이
한강이 된다

나의 작은 실천이
결과를 만든다

화분에 물주기
집 안 청소하기

언제나 실천은
작은 일에서 시작된다

일상

일상이
인생이 되고
일생이 된다
오늘이
당신의 일생이 된다

반성

백미러는
앞으로 나가기 위해서
뒤를 본다

바둑을 복기하는 것은
더 잘 두기 위해서다

지난 일을 살펴보는 것은
내일을 위한
오늘의 에너지다

앞에서

잘못은 앞에서 말해야
알 수 있다

거울은 앞에서 보면
모습이 바로 보인다

꽃은 앞에서 볼 때
예쁘다

뒤에서

칭찬은 뒤에서 들리면
아름답다

첫사랑은 추억에서 보면
아름답다

긍정으로 살피면 뒷모습이
아름답다

깡통

꽉 채워
소리 없고

다 비워
소리 없다

어설피 채워
시끄럽게 하지 마라

가끔 나에게
하는 말이다

두 눈

이제까지
두 눈으로
나를 위해 보았다면

이제부터
두 눈으로
주변을 보자

길가에 짓밟힌 민들레
꺾어진 장미
벌레 먹은 잎

상처 난 꽃이
비로소 보인다

빗대지 말자

사람으로 보면
모두 같고
다름으로 보면
같은 사람 없다

성공으로 보면
다 같은 노력이고
다름으로 보면
차이가 있을 뿐이다

나를 너로
빗대지 말자
다름은 자연의 순리이다

웃음

내가 웃으면
누구에게 에너지를 준다

내가 웃으면
세상이 웃는다

잘 웃는 것이
잘 사는 길이다

웃고 사는 한
결코 가난하지 않는 것이다

웃으면 함께하고
울면 혼자이다

권력

국민의 의무를 위임 받아
권력이 만들어진다

이게 아닌데
그게 아닌데
제멋대로다

권력이 입맛에 맞는
사람을 지명하니
쓴맛이고
매운맛이다

위임을 되돌려
단맛을 맛보고 싶다

소나무

비가 오면
잎을 씻을 줄 안다

커다란 바위도
품을 줄 알고
곁의 나무와 어울릴 줄 안다

민족을 지키고
푸르게 이 땅을 지킬 줄 안다

코로나19

자연은 원금
자연의 이자로 살자

개발은 옛날을 찾고
불편은 편리함을 찾고
가난은 풍요를 찾는다

그래, 질병은 도깨비바늘이 되어
접촉하면 따라붙는 바이러스

못 나오게 가두고 움직이지 못해
고독을 주고
그리움을 만드는
혼자 사는 연습에 익숙하다

행동의 백신으로 거리 두고
생체적 백신으로 치료해도
자연의 백신으로
더 앞서가는 원금을 까먹지 말자

빗소리

전쟁의 포성이다
소대쯤의 생명이 죽은
귀청 아픈 포성이다

어차피 지구는 하나인데
죽음으로 선을 지키고 긋는
목숨과 바꾼
이념의 포성

밤새워 듣는다
무섭고 두려운 산 속
농막의 컨테이너 안에서 들어보는
전쟁의 포성

가을 산

단풍을 보려고
가을 산에 갔더니
들국화 쑥부쟁이 가을꽃이
발목을 붙잡는다

눈이 아름답고
코가 향기롭다

가을 산이 멋져 보이는 것은
단풍이 아니라
꽃향기가 아니라
나를 찾아오는 쓸쓸함이다

가을 산은 누군가와
함께 할 때 더 아름답다
함께 할 때 더 향기롭다

등산

산을 오르다 보면
갈라진 길이 있습니다

체력을 생각하며
선택하는 길이
하루 동안 걸어야 합니다

오르막 길
가파른 길
꽃 길
험한 길
생각하면 인생길입니다

정상에서
내려다보는 풍경은 모두 같아도
느낌은 다릅니다
사람마다 살아온 과정이 다르니까요

4부

어머니의 섬

섬 하나 있다
품 팔러 가서 미역 따고 말리고
미역으로 삶 받았다는
어머니의 섬

가끔은 문득문득

오늘밤 다시 만나요
해가 뜨듯 달이 뜨듯
날마다 만나요

손톱을 깎아드릴게요
손톱이 두꺼워
깎기 힘들어 하신 줄 알았어요
희미하게 보인 눈 때문이란 것
나중에야 알았어요

오늘밤 다시 만나요
해가 뜨듯 달이 뜨듯
날마다 만나요

핸드크림을 사 드릴게요
쓰던 걸 드렸어도
그렇게 좋아하시고
주름진 얼굴에 바르고 싶어 하신 것도
나중에야 알았어요

날마다 만나야
응어리 풀어질 것 같아요
어머니

강물

흐르는 동안
피라미 살게 하고
다슬기 숨겨주는
어머니의 넓은 품

흐르는 물은
썩지 않고
고이지 않듯
어머니
저도 지켜주세요

어머니
그 이름으로 힘을 얻고자 합니다

어머니의 섬

섬 하나 있다
품 팔러 가서 미역 따고 말리고
미역으로 삯 받았다는
어머니의 섬

사람은 가고 없어도
그 섬은 그대로 있겠지

고생을 통째로 옮겨
나에게 전해준 그 섬
포말 만들며 파도치고 있겠지

파도

파도는
사람이 그리워
저 멀리 바다 저 멀리
바위에 부딪히며 달려온다

사람이 그리워
그리움이 자꾸 새로워
모래 위 발자국 지우며 달려온다
당신이 그리워 달려온다

후회

그렇게 할 걸
아
그때
그렇게 할 걸
늘 마음속에 자라난 단어

아버지의 정

평범한 것에서
잘못되지 않는 것이
잘되는 길이란다

너를 때리는 것은 나지만
나를 때리는 것은 너란다

언제나 가슴을 파고드는
속울음 견디는
걱정의 세월

웃자라지 않게
뒤처지지 않게
보이지 않은 그림자가 되어
너를 지켜본다

내 삶의 시간

초를 느끼며 떨어진다
분을 느끼며 떨어진다
시간을 느끼며 떨어진다
나이의 숫자를 느끼며 떨어진다

호텔에 장식된 얼음조각상에서
스러져 소멸되는
지난 세월을 느끼며 떨어진다
남은 삶을 느끼며 생각한다

야생화 심기

선유도에서
야생화 한 뿌리 데리고 왔다
오지 않으려고 돌 틈에 숨어있는
뿌리도 찾아서 왔다

물을 주어도
그늘을 만들어 주어도
제 땅이 아니라고
바다가 그립다고
잎을 숙이고 있다

같이 살자고
달래고 사정 해봐도
고집을 꺾을 수 없다

떠나온
고향을 그리는 것은
나만이 아니다

마지막이 부러운 꽃

한 송이 두 송이
꽃이 피네

예쁘게 보면 더 예쁘고
가까이 가면 향기도 뿌려주네

한 잎 두 잎
꽃이 지네

누가 볼까봐 소리 없이 지네
흔적 보일까봐 멀리 날려 보내네

마지막이 부러운
인생 같은 것

산

산 속에서
산을 바라보니
또 하나의 산이
구름 속에 갇혀있다

천형의 병에 걸려
무거운 짐 벗을 수 없는가

나 또한
산이 되어
운명처럼 한 곳에 머물고 있다

그리움 하나쯤 가지고 있을 텐데
눈물이 보일까봐
구름이 감추고 있다

뿌리

자라고 커지고 열매 맺는
섭생의 힘

찾아가 보자
설원의 혹독한 추위
화산의 뜨거운 용암
눈물도 한숨도 보이지 않으려고
속으로 감추고

생각해보면
아버지 어머니 보이고
나는 과일
튼실하지 못해 떫은
못생김이 가지에 달려있다

눈물

아침에
텃밭의 토란잎을 본다

이슬이
영롱한 옥구슬 되어 떨어진다

눈물 같다
눈물에도 빛이 있을까

결과보다 과정이 아름다운 사람은
눈물이 빛날 것이다

눈물은
슬픔을 나눌 줄 알고
아픔으로 울 줄 알고
뜨거운 포옹으로 껴안을 줄 알고
힘주어 악수할 줄 안다

해와 달과 별

해는
지구를 먹여 살리면서도
햇빛의 무게를 보태지 않는다

달은
사색을 주면서도
달빛의 무게를 보태지 않는다

별은
꿈을 키워주면서도
별빛의 무게를 보태지 않는다

햇빛 비치고
달빛 스치고
별빛 빛나도
지구에 무거운 짐을 보태지 않는다

나도
신세를 보태지 않는
사람이 되고 싶다

길

우정의 길은
산(山) 길과 같다

자주
가고 오지 않으면
풀이 길을 막아버린다

사랑도 그렇다
마주보는 눈이
길을 만든다

마음의 길은 살펴주는 것이다
세상 모든 길은 산(山) 길이고
관심이 길을 만든다

햇살

햇살은 창문을 넘나들며
거실의 꽃을 기웃거린다

마음이 있는 곳에
장애물은 장애가 되지 않는다

창가에 핀 꽃
나였으면 좋겠다

소나기

가뭄 끝에 오는 소나기
시들어 가는 풀 한 포기
생명을 지켜준다

힘들 때
용기 주는 한 마디
삶의 끈이 된다

너는 할 수 있어
등 한번 두드리면
가뭄의 단비가 된다

가시나무

가시 있는 나무는
재목이 되지 않는다
탱자나무, 가시오가피나무, 아카시아나무

가시가 없는
소나무, 참나무, 은행나무
기둥이 된다

신흥사 대웅전의
큰 기둥을 만져보면서
가시 없는 사람을 생각해 본다

당신의 이름은
가시 없는 사람
가만히 불러본다

흔적 생각하기

새 한 마리가 나뭇가지에 앉아
세상을 살피듯 두리번거리다
소리 없이 날아간다

새 한 마리의 헤어짐이 아쉬운 듯
나뭇가지가 파르르 떤다

새 한 마리의 일상이
흔적이 되는 오늘

발자국, 뒤돌아보기, 화석, 양파껍질 같은
낱말을 생각해본다

겨울을 보다

　겨울나무는 잎이 그리워 먼 하늘 바라보고 굽은 가지, 살아온 과정을 알몸으로 보여주고 있다. 땅 속의 수액은 보이지 않게 서로가 손을 잡고 물을 녹이고, 진달래는 무더기로 함께 피어날 것을 어깨동무로 약속하고 있다. 산에 사는 메아리는 뻐꾸기 소리 흉내 내고 싶어 바람소리로 연습하고, 언제나 푸른 소나무는 나이 들어 하얀 머리의 노인을 이상하다는 듯 바라보면서 지친 몸 쉬어가라고 빛 따라 그림자를 만들어 준다. 낚시터가 되었던 연못은 얼음이 쩡쩡 얼어 붕어, 메기, 피라미 보호하고 있다. 매화는 봄꽃 중에서 제일 먼저 꽃을 피워 향기를 주고 싶어 작은 햇빛도 받으려고 빛의 방향으로 고개를 내밀고 있다. 말이 없어도 모두가 살아있어 작년의 겨울을 연습하고 있다.

시간

시간은
습관이다

이기는 사람은
열심히 놀고 열심히 한다

지는 사람은
늘 바쁘다고 한다

시간은
채찍으로 다스리지 않고
지나온 과정으로 말한다

5부

당신의 이름

이름은 꽃입니다

당신의 이름은
꽃입니다

부모님이 만들어준
사랑의 꽃입니다

행복 찾기

무의식중의 시간은
아주 짧고

깨어있는 시간은
1분도 길다

세상 모든 일은
생각하기 나름이다

지금 이 순간이 행복인데
지난 때만 그리워한다

행복지수

콩 심은 데 콩 나듯
행복의 씨도 심어야 해

작은 것에
감사한 마음
자꾸 느끼면
행복의 씨가 된다

오늘
몇 번이나 느꼈을까
다행이었다고

집착 버리기

술잔은 비워야
새 술을 마실 수 있다

하나의 추억에 머물다보면
다른 추억이 없다

다양하게 생각하고
골라서 느껴보는 것
이것 또한 행복의 순간이다

돈

잘 되어야
이웃이 보이는 사람이 있고
아쉬워도
주변이 보이는 사람이 있다

어떤 이는
남이 부러워해도
자신밖에 모르는 사람이 있다

비우면
채워지는 소소한 일상이
행복인지 모르는 사람이 있다

성공

물은 100도에서 끓는다

실패라는 말에는
99도의 노력이 들어있다

성공이라는 말에는
1도의 노력이 더 들어있다

지금은
1도의 노력을 찾는
당신의 희망이다

당신의 이름

이름은 꽃입니다

당신의 이름은
꽃입니다

부모님이 만들어준
사랑의 꽃입니다

태어나서 가장 많이 쓰는 글자
당신의 이름
행복할 권리가 있습니다

마음의 문

마음의 문을 그려보자

손잡이도 내게
열쇠도 내게

언제나 열어주자

햇볕 들어오게
친구가 들어오게

꽃의 말

상처는
몇 초이나
아물기는
몇 년이 간다

낮달

낮달의 소원은
해가 없어져 버리는 것
낮과 밤을 다 가지고 싶은 것
혼자서 빛내고 싶은 것
언뜻
나의 욕심으로 남아 있는 것

행복저울

1% 차이가 기울기를 좌우한다

손자 보는 재미
TV 보는 안락함
친구와의 만남
숲길을 걷는 여유로움

모두가 기쁨이다

꽃을 보면서

꽃이 피어 있는 곳에
눈(目) 길이 있습니다

꽃이 베푼 향기에
사람이 따릅니다

말 없음의
아름다움

사람에게 전하는
진심이 있습니다

나목

겨울나무가
쓸쓸해 보인다

잎 없는 나무

혼자는
쓸쓸해 보인다

저녁노을

노을이
산을 건너온다
산 노을에 단풍이 물들까 두렵다

노을이
바다를 건너온다
노을에 저녁 해가 붉어질까 두렵다

서쪽에
노을이 붉게 물들면
불빛 다가서는 마을에는
그림자 바쁘게 움직인다

저녁이 있는 행복
별이
하나
둘
나타납니다

본질 찾기

꽃의 이름을 모르니
관심이 없고
관심이 없으니
가치가 없다

무명인
내가 그렇다

잘 나가는 사람에 비하면
더욱 그렇다

시간의 꿈

어릴 때는
결핍에서 꿈은 충만하고

청·장년은
꿈의 방향이 수없어
아쉬움이 영글어가고

나이 들면
건강의 꿈이 채워지고

이나마
세월의 시간은 채워주지 않는다

민들레

밟지 마세요
나는 흙수저입니다

블록 사이 그 작은 틈새에서
1년을 기다렸습니다

오죽하면
정든 고향 버리고
홀씨 날리겠습니까?
밟혀도 웃어보는 오늘은
혹 당신 아닐까요

나팔꽃이 좋다

아침에 싱싱하게 피었다가
시들기 전에 떨어져버린다
나팔꽃 지는 모습
본 적 있나요

나이 들어
변명하지 않기
구차한 말 않기
흔적 없애기

나는 나팔꽃이 좋다

헐렁한 행복

바지주름살이 부담스러워
반쯤 접힌 바지 입고
양복 보다 어깨 쳐진
잠바 걸치고
반짝이는 구두코보다
적당한 메이커의
운동화 신고
얼굴 가득 미소 담고
친구 만나 힘 있는 악수
안부 묻고 너스레 떨다
화장실 간 척 계산하고
차 한잔 하자 하면
갈 데 있다 핑계대고
버스 타고 집에 오는
나이 들어 찾아오는
소소한 일상

상처

상처는
흔적이 남습니다

그때의 아픔 잊지 않으려고
그 자리에
흉터로 남아 있습니다

살아가는 동안
길이 됩니다

별

어둠의 포장에서
빛이 나는 저 별은
누구에게 희망을 줄까

길 잃은 자의
이정표

밤새 지켜보는
새벽별은
누군가의 눈물로 반짝입니다

박스 줍는 할머니

돈은 나이 들어
신분이고
지위이고
계급장이 된다

퍼런 소나무
파란 대(竹)가 되어
넘치는 활력이 된다

바위

그립다는 말이 내면 깊숙이
뭉쳐 있는 것

사무치는 것이
차마 부끄러운 것

다가가고 싶다는 것도
생각뿐인 것

새 한 마리 쉬어가게
등 내밀고 앉아
한없이 그렇게 바라보고 있는 것

옹이

꺾어지는 나무는
생채기의 아픔이
흔적으로 남는다

고통은 교훈이 되고
가야 할 길이 된다

책을 엮고 나서

7번째 시집을 내고 4년만이다. 시집을 내고 싶다는 생각보다 컴퓨터를 정리하고 싶은 생각이 앞선다. 그만큼 시에 대한 자신감이 없다. 다른 시인의 작품은 한없이 좋아 보이나 내 작품은 언제나 자신이 없다.

시집의 내용이 바르게 살고 싶다고 가슴 속에서 늘 외치는 말이다. 주머니 속에 든 조그마한 종이 가루를 슬며시 꺼내 버리면서 혹시 지구를 더럽히고 이 땅을 오염시키는 행동은 아닌지 멈칫 놀라기도 한다. 이렇듯 소심한 행동이 소심한 글을 만들고 소심한 멘탈을 가지고 있음이 분명하다.

글이 시대상을 반영하는 것을 거역하지 못하는 것도 사실이다. 책이 넘쳐나서 골라 읽고, 영상매체에 뺏기게 되면서 순간의 느낌이 길게 여운으로 남고, 짧은 호흡으로, 감각적인 글을 찾고 있다. 이렇듯 독자를 의식하면 글이 어렵지 않아야 하며, 길지 않아야 하고, 감각이 호흡 안에 있어야 한다.

긴 내용의 문장이란 결국 설명 할 것이 많거나 짧게 나타낼 수 없을 때 생기는 양상이다. 영상매체의 광고 문구를 살펴보면 짧은 시간 속에 제품을 알리자니 고심한 흔적이 엿보인다. 한 작품 안에 여러 생각을 나열하지 않고 한 생각으로 주제를 해결하고 싶다. 여기까지 생각이 미치면 나의 글도 짧아지는 경향이 강하다. 어찌 보면 시를 시답게 쓰지 못하고 순간의 느낌을 찾고 있는 것도 사실이다.

작품을 5부로 나누었다. 보통 사람들이 흔히 느낄 수 있는 감정, 늦게 찾아보는 부부 간의 정, 첫사랑인지 모르나 학창시절의 그리움, 사무치게 보고 싶은 어머님의 생각, 자존감이 없는 내게 용기를 주는 생각들이다. 구태여 갈래 짓지 않아도 되지만 독서의 호흡상 나눈 것뿐이다.

이 시집도 독자가 있을까 생각해보면서 끝까지 읽어보는 독자가 몇 분이라도 있었으면 하는 희망사항이고, 없다면 첫 장이라도 읽고, 잊어버리기 바라는 마음이다. 아니 바라지 않아도 그렇게 될 것이기 때문이다. 아무쪼록 출간하는 작자에게는 글을 정리해서 시원하고 혹 읽는 이가 있다면 고마운 마음과 함께 속마음으로 진심어린 감사를 전한다.